Für meine liebe Frau Christine und all meinen Freunden, die mir bei der Verwirklichung meiner Projekte und insbesondere des Buches zur Seite standen oder geholfen haben

Andreas Rimkus hat mit über 50 niedersächsischen Künstlerkollegen sowie anderen Prominenten am 15. Juni Hannover mit einer bunten Kuhherde überrascht. "Ios Traum" – so lautete im Rückgriff auf die griechische Mythologie das Motto für das Projekt. Entstanden sind unter reger Anteilnahme der Bürgerinnen und Bürger in ganz Niedersachsen äußerst interessante Objekte. Bekannte niedersächsische Künstlerinnen und Künstler haben sich engagiert: Almut und Hans Jürgen Breuste, Eugenia Gortchakova, Axel Gundrum, Wolfgang Tiemann, Timm Ulrichs, um nur einige zu nennen. Der gelungene Katalog von "Ios Traum" zur "KuhArt Expo" zeugt von der Kreativität und dem Engagement dieser Künstlerinnen und Künstler. Hier findet auch die "selbstfahrende trojanische Kuh" von Andreas Rimkus ihren Platz in einer bunten Herde. Ihr wurde immerhin die Ehre einer Fahrt auf der Bundesstraße 217 mit Polizeieskorte nach Hannover zuteil. Nach der Kuhversammlung auf dem Platz vor der Oper war die Herde während der EXPO-Zeit im Themenpark "Ernährung" zu sehen. Andreas Rimkus' trojanische Kuh fuhr gar in den Deutschen Pavillon ein! Hier wurde nochmals deutlich, dass die EXPO ein internationales Fest war, animiert vor allem durch Kunst und Kultur. Täglich bis zu 80 Konzerte, Shows, Theaterstücke und Veranstaltungen auf dem EXPO-Gelände, das war der Erfolg der EXPO. Unter dem Motto "Welten treffen aufeinander" haben 60 Mio. Menschen diese Veranstaltungen besucht. Die bunten Kunst- und Promikühe aus Niedersachsen haben dazu ihren attraktiven Beitrag geleistet. Künstler, Kommunen, Kultureinrichtungen und die niedersächsische Milchwirtschaft haben demonstriert, wie erfolgreich grundverschiedene Partner in Sachen Kultur zusammenarbeiten können. Dem Tagebuch der "Trojanischen Kuh" wünsche ich gebührende Aufmerksamkeit und Erfolg

Thomas Oppermann
Niedersächsischer Minister für Wissenschaft und Kultur

Der Tag, an dem mir Andreas Rimkus fast über die Füße fuhr, war kein schwarzer Tag. Vielmehr war der Samstag, 08. Juli 2000, typisch für die ersten Wochen der Weltausstellung in Hannover. Der Himmel hielt sich bedeckt, die Besucherzahlen noch in Grenzen. Gemeinsam mit der EXPO 2000 Hannover GmbH hatte der Kommunalverband Großraum Hannover deshalb die Idee geboren, mit dem Veranstaltungsprogramm "Die Region auf Weltreise" die Menschen in Stadt Hannover und den benachbarten Landkreisen für die EXPO zu begeistern. Lockmittel sollte ein Großaufgebot von lokalen Künstlern aller Disziplinen sein. Eine der ersten Adressen, die wir erfolgreich um Teilnahme anschrieben, war das Atelier Rimkus in Springe. Der Bildhauer Andreas Rimkus betreibt dort eine künstlerische Schmiede, die Funken *und* Ideen versprüht. "Möh, möh", röhrte es an besagtem Samstag Vorfahrt heischend über die nahezu menschenleere Plaza. Rimkus – im Cut mit Zylinder auf dem Rist seiner Skulptur thronend – steuerte im Höllentempo knapp an mir vorbei seine motorisierte "Trojanische Kuh" in Richtung Deutscher Pavillon. Dorthin, wo schlussendlich der Welt einmalige Inhalt des kleinsten Pavillons der EXPO 2000 aufgeschlüsselt werden sollte. Nur eine Kunstaktion unter vielen? Andreas Rimkus hat mit seiner "Kuhbistischen" Aktion gezeigt, dass Ideen in Bewegung geraten können. Ich wünsche ein ähnliches Denken und Handeln all denjenigen, die auf dem zukünftigen Campus der CeBIT-City lehren, lernen und arbeiten. Denn darin liegt das Erbe der EXPO 2000: Weniger in schönen Erinnerungen zu schwelgen – mehr dafür zu tun, die Ideen dieser einzigartigen universellen Weltausstellung in Taten umzusetzen.

Siegfried Frohner
Verbandsdirektor des Kommunalverbandes Großraum Hannover

GERMANIA

geb.:	19. April 2000
Größe:	2,2m x 2,0m x 1,0m
Gewicht:	sag' ich nicht
Beruf:	selbstfahrende trojanische Kuh
Eltern:	dt. Milchwirtschaft und mein Vater ...
Näheres:	s. Buch oder CD-Rom

ANDREAS RIMKUS

geb:	19. April 1962
wohnhaft:	31832 Springe
Beruf:	Schmiedekünstler und Ideenkünstler
Näheres:	www.ideenkunst.de

Lenker

Bremse

Motor 50ccm

Durch einen Anruf erfuhr Andreas Rimkus, dass die dt. Milchwirtschaft Künstler aufruft, lebensgroße Glasfiberkühe künstlerisch zu verändern.Er schloss sich mit einem Kurator kurz, um ihn davon zu unterrichten, dass er bereit wäre, sich an diesem Projekt zu beteiligen. „Seine" Kuh sollte allerdings fahrbar sein. Eine Idee, die zunächst auf große Zweifel stieß. Während man also noch von Seiten des Kuratoriums über die Annahme des Vorschlags grübelte, beschloss der Künstler sich aufgrund des fortschreitenden Abgabetermins des fertigen Exponats, mit dem Herzstück, sprich den 2 Takt-Motor eines ehemaligen Krankenfahrstuhls, welcher die selbstständige Fortbewegung der Kuh ermöglichen sollte, zu beginnen. Der endgültige Startschuss, den rund 35 Jahre alten Motor wieder zum Leben zu erwecken, fiel mit der hundertprozentigen Zusage, für dieses Expo-Projekt angenommen zu sein. Als nach rund vierzehn Tagen der Glasfiber-Kuhrohling Springe erreicht war die Reanimation des Sperrmüll-Fundstückes erfolgreich abgeschlossen. Schon 24 Stunden später stand die noch namenlose Glasfiber-Kuh fest verschraubt auf ihrem Fahrwerk. Unabhängig davon hatte der Künstler eine weitere Idee, wie sein Exponat einmalig und einer Weltausstellung würdig werden sollte: Seine Kuh sollte sich nicht nur selbstständig fortbewegen können, sondern auch Botschaften für das neue Jahrtausend beinhalten. Und was eignete sich dazu besser, als der riesige Leib: die Idee einer trojanischen Kuh war geboren. So wanderten die Botschaften in den Leib, allerdings sollten die Geheimnisse nur gelüftet werden, wenn diese im Herzen der Expo, sprich im Deutschen Pavillon, das Licht der Welt erblickten. Und dabei ging es z.B. um ein Bernsteinzimmer und einen echten Außerirdischen, um nur zwei von sechs Exponaten im Exponat zu nennen. Nur ohne äußere Hilfe, das war Andreas Rimkus klar, würde es dazu niemals kommen. Denn regionale Künstler waren im Jahr 2000 auf der Weltausstellung am allerwenigsten gefragt. So stand schon von Anfang an fest, sollte die trojanische Kuh nicht den Weg in den Deutschen Pavillon nehmen können, so würde Rimkus über seine innovativen Ideen für immer den Mantel des Schweigens schmieden.

Seit heute steht fest: ich bin keine Waisenkuh mehr !!!! Ich werde einen Vater bekommen. Er will mich zum Leben erwecken. Ich bin furchtbar aufgeregt. Meine neue Adresse, liebe Freunde, wird künftig 31832 Springe, Im Reite 9 sein.

ER heißt Andreas und hat genau wie ich am 19. April Geburtstag. Ein gutes Omen. Beim Abladen wird mir angst und bange. Kenne nur meine künstliche Welt. Diese aber ist real. Echte Hühner links und ein echtes Atelier rechts. Davor 12 eiserne Köpfe. Die 12 Geschworenen schauen mich an.
Dann aber komme ich hinein in das Gebäude.
Zunächst bin ich mißtrauisch.
Da brennt Feuer.
Andreas lacht mich aus.
Erklärt mir seine Schmiedewerkstatt.
Anheimelnd warm. Auch mein Herz, angeblich ein uralter, aber inzwischen intakter Behindertenfahrstuhlmotor.
Fühlt sich klasse an.
Wir feiern gemeinsam Kolbenfest. Bedeutet, dass ich künftig ohne tragende Hilfe vorwärts komme.
Wir probieren es gleich in der angrenzenden Feldmark aus. Alles geht gut.
Andreas beklebt mir meine Jacke mit Parkett.
Ich ersticke fast und sehe aus wie fellos abgeleckt.
Protest.
Er versteht. Eine neue Idee wächst.
Hoffentlich zersägt er mich nicht wieder völlig wie beim ersten Mal.

2. Mai 2000

Andreas Rimkus hatte sich einen festen Plan erarbeitet, nach dem er vorgehen würde. Am ersten Tag sollte die Kuh fest verschraubt sein. Am zweiten Tag sollte sich der Kopf bewegen. Am dritten Tag sollte die Elektrik verlegt sein.
Am vierten Tag sollte das rechte Horn als Gasgriff fungieren können. Am fünften Tag sollten diese vier Elemente eine selbstständige Fortbewegung der Kuh ermöglichen. Die erste Probefahrt durch die Springer Feldmark war erfolgreich.
Die erste Hürde war genommen.
Was nun folgt war die äußerliche Veränderung, sprich das, worauf es ankam. Der erste Versuch schlug fehl. Die Kuh sollte zunächst mit Kanthölzern verkleidet werden. Die Verkleidung war allerdings so perfekt, dass das Orginal nicht mehr erkennbar war. Versuch Nummer 2 war das Bekleben mit echten Parketthölzern. Die Wirkung war ebenfalls phänomenal. Es war die personifizierte Langeweile. Stichwort: Wandtapete für Geschmacklose. Der dritte Anlauf war ein Metallgespinst rund um den Kuh-Körper. Es sollte die Grundlage für die phantasievollste und individuellste Veränderung des Orginals werden. Andreas Rimkus beschloss unregelmäßige Sperrholz-Dreiecke für die Außenhaut zu verwenden. Die Zeit wurde immer knapper. Wieder kam der Zufall zu Hilfe. Ein Drechsler und Diplom-Designer besuchte Andreas Rimkus in seinem Atelier. Er lud beide, Kuh und Künstler, in seine nahegelegene Werkstatt ein, bot seine Mithilfe an. So konnte denn doch in dem vorgegebenen Zeitrahmen das Projekt erfolgreich fertiggestellt werden.

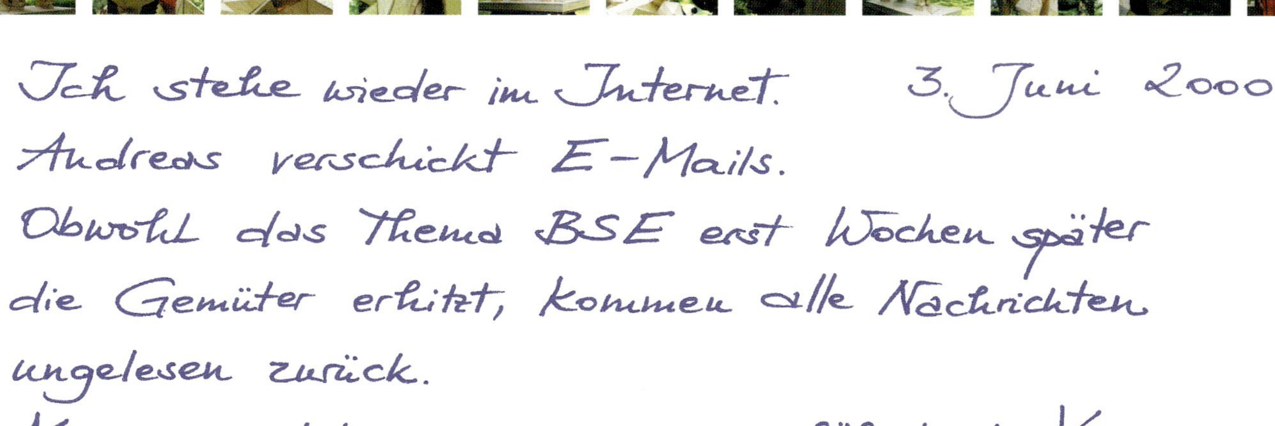

Ich stehe wieder im Internet. 3. Juni 2000

Andreas verschickt E-Mails.

Obwohl das Thema BSE erst Wochen später die Gemüter erhitzt, kommen alle Nachrichten ungelesen zurück.

Man vermutet einen programmgefährdenden Virus.

Verstehe das ganze Theater nicht, Andreas schon.

Originaltext e-mail Pressemitteilung:

Trojanische Kuh auf der Expo 2000 in Hannover. Am 8. Juli 2000 ist es endlich so weit: Die "Trojanische Kuh" wird auf der Expo der Weltöffentlichkeit gezeigt. Direkt von Springe nach Hannover bringt die "Trojanische Kuh" im Bauch viele Ideen, Objekte und Geheimnisvolles. All dieses kommt jedoch nur zum Vorschein, wenn sie im deutschen Pavillon geöffnet werden kann. Diese "Trojanische Kuh" wird der kleinste und einzige selbstfahrende Pavillon auf der Weltausstellung sein. Sie führt im Bauch mit Sicherheit den ältesten Gegenstand auf der Expo mit sich. Weiter werden Teile des BernsteinZIMMERs transportiert, auch eine Idee für die Expo selbst ist geladen, mit der die Expomacher das Image und die Attraktivität der Ausstellung positiv ergänzen könnten, ohne große Finanzen dafür aufzuwenden. Diese Idee sieht vor, dass jeder Expo-Besucher ein Geschenk erhält, welches er allerdings voller Freude auf der Expo lässt und somit dazu beiträgt, dass in Hannover das erste "Weltkunstwerk" entsteht. Es wird auch nach der Expo noch lange Zeit an die einmaligen Eindrücke der Weltausstellung erinnern. Ein Portrait der "Trojanischen Kuh" und ihre Entstehung finden Sie im Internet unter www.ideenkunst.de Mit freundlichen Grüßen Andreas Rimkus

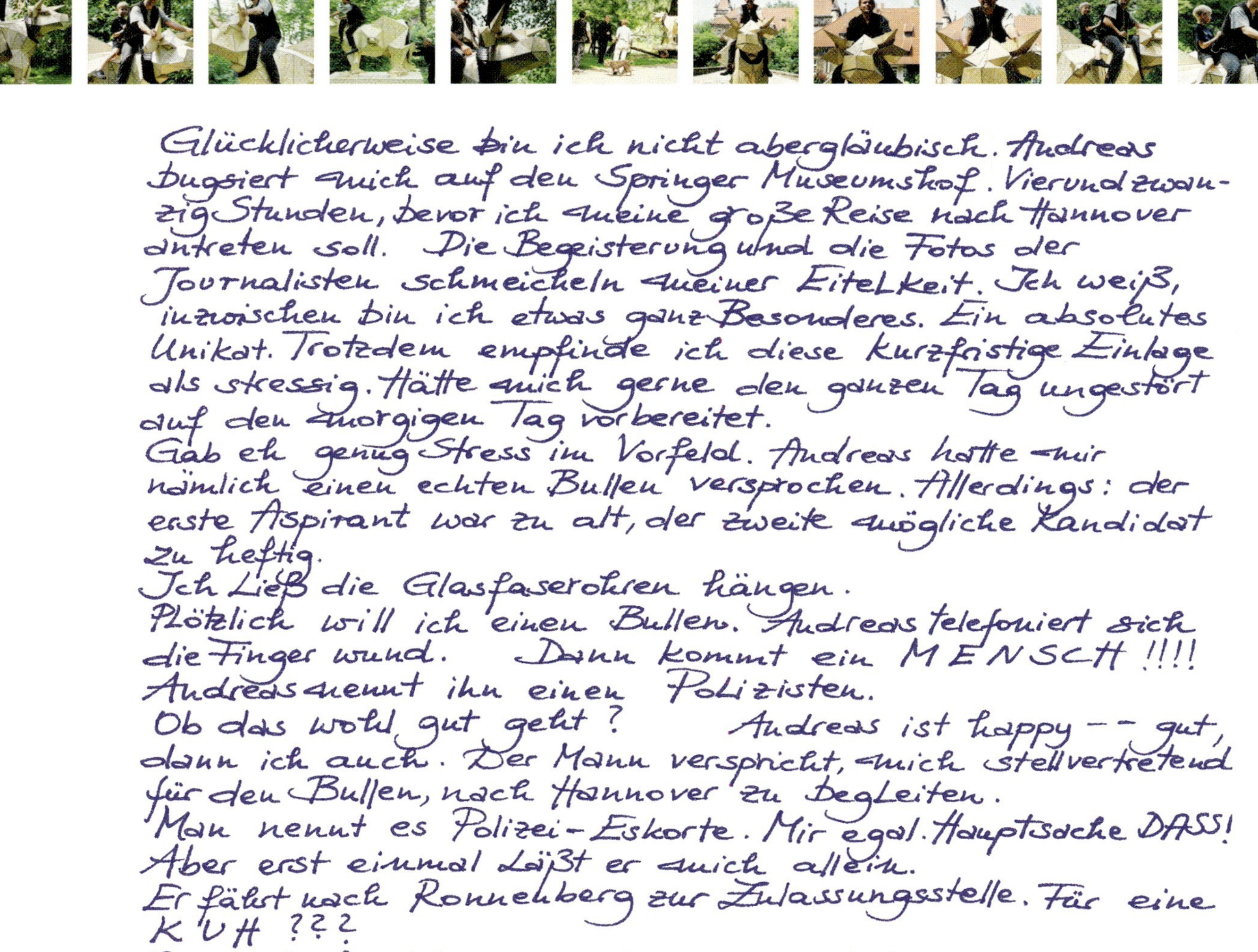

Glücklicherweise bin ich nicht abergläubisch. Andreas bugsiert mich auf den Springer Museumshof. Vierundzwanzig Stunden, bevor ich meine große Reise nach Hannover antreten soll. Die Begeisterung und die Fotos der Journalisten schmeicheln meiner Eitelkeit. Ich weiß, inzwischen bin ich etwas ganz Besonderes. Ein absolutes Unikat. Trotzdem empfinde ich diese kurzfristige Einlage als stressig. Hätte mich gerne den ganzen Tag ungestört auf den morgigen Tag vorbereitet.
Gab eh genug Stress im Vorfeld. Andreas hatte mir nämlich einen echten Bullen versprochen. Allerdings: der erste Aspirant war zu alt, der zweite mögliche Kandidat zu heftig.
Ich ließ die Glasfaserohren hängen.
Plötzlich will ich einen Bullen. Andreas telefoniert sich die Finger wund. Dann kommt ein MENSCH !!!!
Andreas nennt ihn einen Polizisten.
Ob das wohl gut geht? Andreas ist happy -- gut, dann ich auch. Der Mann verspricht, mich stellvertretend für den Bullen, nach Hannover zu begleiten.
Man nennt es Polizei-Eskorte. Mir egal. Hauptsache DASS!
Aber erst einmal läßt er mich allein.
Er fährt nach Ronnenberg zur Zulassungsstelle. Für eine KUH ???
Quatsch, findet man dort auch. Außerdem, so wird ihm erklärt, auch kein Sondertransport!
Hätt' ich Andreas auch sagen können - ich bin doch kein Kanalrohr oder so was! Haben sie schon einmal eine Kuh mit Nummernschild gesehen? Eben.
Welch' Glück, hätte mich vor meinen Art-Genossen zu Tode geschämt. Komisch. Trotzdem ist Andreas deprimiert. Bis er davon erfährt, dass ein Schild

13. Juni 2000

-mit der Aufschrift 6 Km/H unsere Fahrt nach Hannover ermöglicht. Gemeinsam mit den Menschen, die keine Bullen sind, kann es endlich losgehen. Man nennt es Polizei-Eskorte. Is' mir schon recht. Hauptsache es geht Los.

14. Juni 2000

Mit Polizeieskorte auf der Bundesstraße 217 Richtung Hannover.

2 Stunden später

Also jetzt passiert mir etwas, was mir sehr peinlich ist. Ich soll auf einem Schrottplatz gewogen werden!
Also bitte mal – ich bin weiblich – –
Obwohl, Andreas' gute Laune und der nette Mensch vom Schrottplatz entschädigen mich.

Andreas erzählt mir leise, dass er dort eine wundervolle Fundgrube für seine Arbeiten gefunden hat.

Wissen Sie was: wer liebt verzeiht.

Ich verzeihe.

14. Juni 200

Auf dem Schrottplatz in Wettbergen.

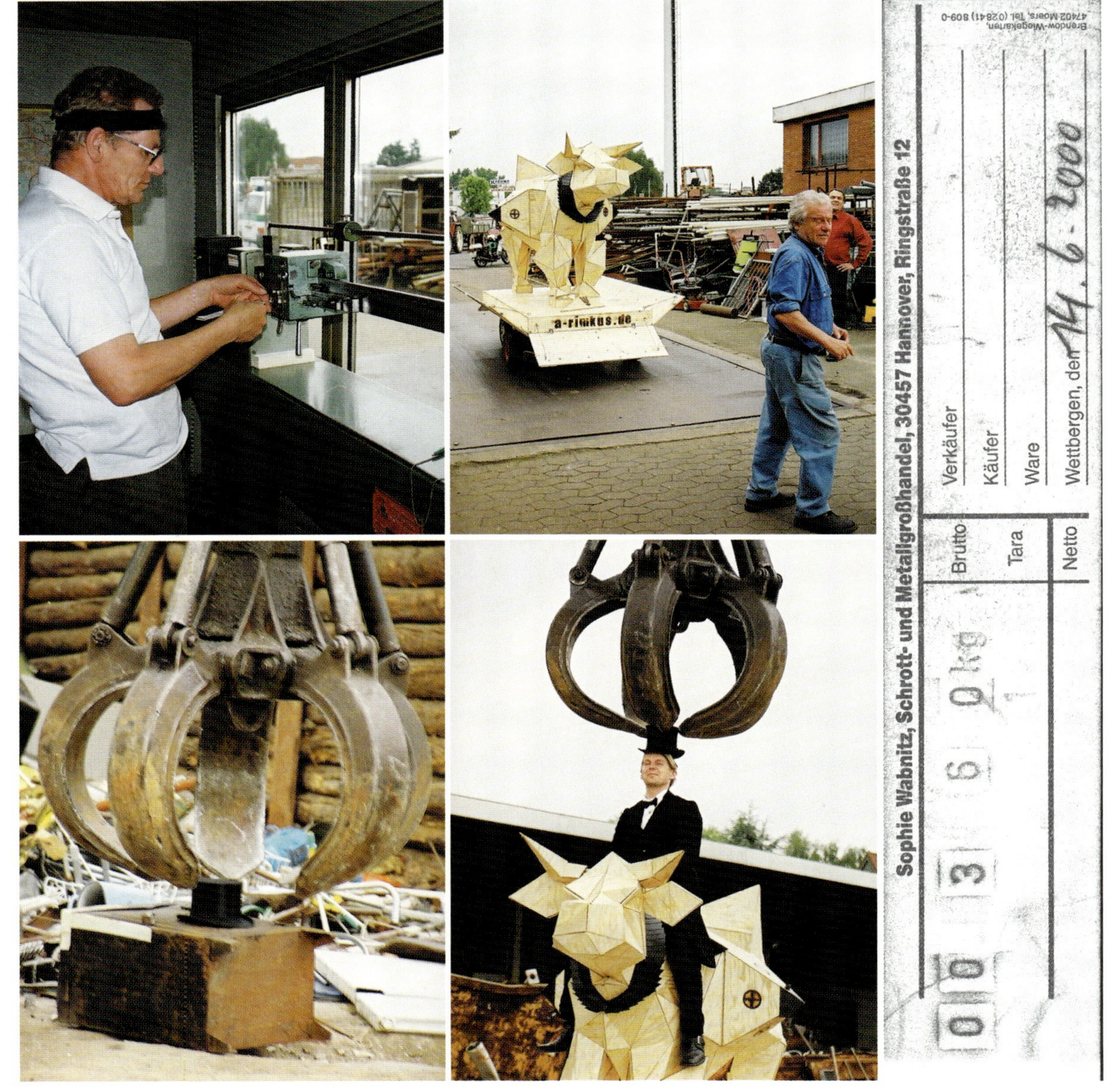

Präzise Arbeit auf dem Schrottplatz.
Bilder oben: Das Wiegen der Kuh.
Bilder unten: Vertrauen: Der Zylinder wird mit dem hydraulischen Greifarm aufgesetzt.

Mit Frack und Zylinder vom Großvater. Hochzeit oder Beerdigung?

Gummikuh und Trojanische Kuh vor dem Sprengel-Museum in Hannover

Es geht dann auch relativ schnell weiter.
Wieder in Begleitung der Männer auf den grün-weißen Motorrädern. In Hannover bleiben wir direkt am Ufer eines großen Sees stehen.
Oh je ... ich kann nicht schwimmen.
Aber Andreas läßt mich rüde stehen und verschwindet in einem Haus, welches man nur über unendlich viele Treppen erreichen kann.
Noch dazu nimmt er MEINE Polizeieskorte mit. Ich muss draußen warten.

Andreas hat eine schwarze Mappe unter dem Arm und verschwindet im Eingang. Mein Gesundheitszeugnis?
Als er zurück kommt, ist er stinksauer.
Der Hausherr, ein Doktor oder gar Professor? hat Andreas klar gemacht, dass sich Kunst anmelden muß. Unterstellt mir, ich wolle mich einschleichen, und hielt sogar meine Polizeieskorte für Schauspieler !!!
Haben sie schon einmal 360 kg in der Größe von 2,20 m x 1 m sich irgendwo einschleichen sehen?
Quatsch!
Außerdem behauptet ein weiterer Herr, ebenfalls Doktor, ebenfalls mit jenem Haus verbandelt, Andreas Ideen seien nicht innovativ. Ich erinnere mich an den Eintrag im großen Bertelsmann Lexikon:
Innovation:
(Lat.) allg.: Neuerung, Neueinführung, Erfindung, Herstellung eines neuen Zusammenhangs. Auch: technischer Fortschritt. ICH BIN EINE FAHRENDE TROJANISCHE KUH!
Das gibt es schon ???

14. Juni 2000

Andreas fährt weiter.
Mit mir, der fahrenden trojanischen Kuh und den Bullen, die keine sind.
Wieder verschwindet Andreas in einem Haus.
Mutwillig belausche ich ein Gespräch mit einem Menschen, der genauso gekleidet ist, wie meine Springer Begleiter.

Es gibt Schwierigkeiten.

Dann aber outet sich der "Grüne" als Dichter und Denker.
Er schaut aus dem Fenster.
Mir direkt ins Auge.
Ich will Andreas nicht blamieren. Ich schaue freundlich zurück.

Und ich weiß: ich bin schön.

SIEG SIEG SIEG

Der Mann führt plötzlich ein Telefonat.
Engel Leihen ihm die Zunge und plötzlich ist alles ganz einfach. Seine Begeisterung über meine Existenz kommt an, ich habe eine neue Eroberung gemacht, Ja Ja JAAAAA...

Die grünen Männer bleiben mir erhalten!
Andreas ist froh.. ich auch, weiß aber nicht genau warum... ist aber sicher Klasse -
ich vertraue meinem Schöpfer.

14. Juni 2000

Hannover, Georgsstraße...
flankiert von der Eskortenpolizei für Staatsgäste der Expo.

Amboss und Feldesse auf dem Opernplatz in Hannover.

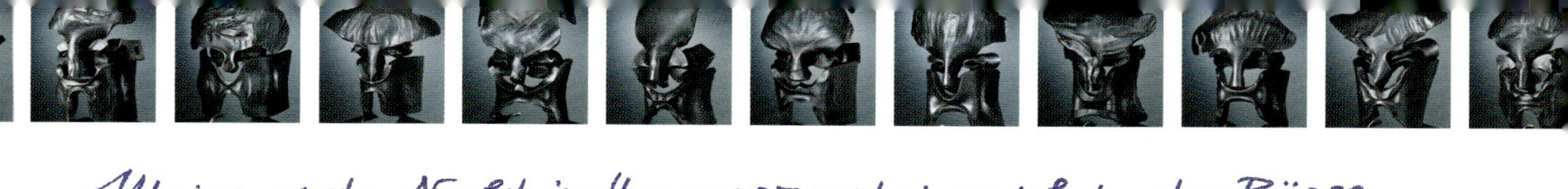

Meine erste Nacht in Hannover verbringe ich in der Börse.
Hier treffe ich auf altbekannte Gesichter. Meine 12 Geschworenen aus Springe. Hier waren sie also gelandet. Der nächste Tag ist mehr als aufregend.
Die Polizeieskorte ist wieder da. Heutiges Ziel:
der Opernplatz Hannover.
Andreas ist wie immer zu früh.
So lerne ich Hannover näher kennen.
Wir machen eine Stadtrundfahrt.
Ich passiere den Flohmarkt und lerne die Nanas kennen. Drehe weiter meine Runden. Durch die Fußgängerzone, vorbei an der legendären Kröpke-Uhr, dem alten Rathaus und passe -- oh Wunder --- unter dem Schwanz des Pferdes von Ernst August am Bahnhof.

Dann aber eine bunte 60 köpfige Herde auf dem Opernplatz in Hannover. Kuh-Art-Genossen sozusagen. Aber ich bin stolz.
Als einzige kann ich mich selbst vorwärts bewegen. Danke Andreas.
Und dann wird's heiß:
Mein Schöpfer hat seine Schmiede mitgebracht.
Heimelige Gefühle inmitten einer kalten Stadt. Arglose Besucher bekommen Gelegenheit mir ein Brandzeichen zu verpassen. Mal hart, mit scharfen Ecken und Kanten, mal weich in Mäandern können sie mit Hilfe eines glühenden Eisens meine Reise-Route nachvollziehen. Eine Kommision bestätigt: ich bin klasse. Ich gehöre zu den vier auserwählten Kühen, die das heilige EXPO-Gelände als allererste betreten dürfen.
Endlich -- die langversprochene Weltreise !!!!

15. Juni 2000 Opernplatz Hannover

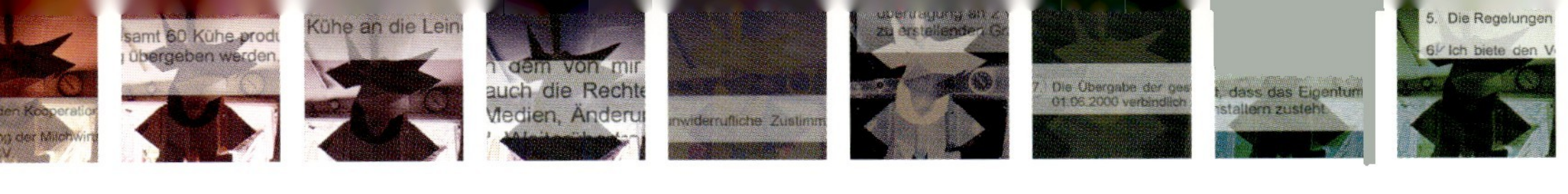

Schock:
am nächsten
Morgen Punkt
6 Uhr in der
Früh holt
mich ein
Abschleppunter-
nehmen ab?
Wir fahren
unendlich durch
die Dunkelheit
und.....
Landen daheim
in Springe ???
Was war
passiert?

16. Juni 2000 Springe

Allen 60 Künstlern, die sich an dem Expo-Projekt der deutschen Milchwirtschaft beteiligten, wurde ein Vertrag vorgelegt. Inhaltlich wurde darin festgehalten, dass jeder Künstler DM 600,- erhalten sollte, vorausgesetzt, dass dieser Vertrag in allen Punkten angenommen und unterschrieben wird. Ein wichtiger Punkt war unter anderem, dass der Künstler alle Nutzungsrechte, Verkauf und Vermietung, sprich die ganze Idee an die Milchwirtschaft abtritt.

Einverständniserklärung

1. Präambel:

Die veranstaltenden Kooperationspartner

Landesvereinigung der Milchwirtschaft Niedersachsen e.V.
Seelhorststraße 4
30175 Hannover

und

agriEXPO Marketing GmbH
Südstraße 133
3175 Bonn

führen anlässlich der EXPO 2000 im Rahmen der Öffentlichkeitsarbeit gemeinsam eine Aktion mit 3-dimensionalen künstlichen Kühen durch.

Dafür lassen die Kooperationspartner insgesamt 60 Kühe produzieren, die Künstlern und/oder Prominenten zur freien Gestaltung übergeben werden.

2. Einverständniserklärung des gestaltenden Künstlers

1. Hiermit erkläre ich mich gegenüber den Veranstaltern einverstanden, dass mein Name und Bild für PR-Zwecke für die Aktion

   KuhArt EXPO – Kühe an die Leine

   verwendet wird.
2. Gleichzeitig übertrage ich aus Anlass der vorgenannten Aktion unwiderruflich sämtliche Nutzungs- und Verwertungsrechte an dem von mir zu schaffenden Kunstwerk an die Veranstalter. Dazu gehören auch die Rechte zur Veröffentlichung, Ausstellung, Präsentation in sämtlichen Medien, Änderung, freien Benutzung, Vermietung, Verkauf, Versteigerung und Weiterübertragung der vorgenannten Rechte.
3. Die Veranstalter erhalten darüber hinaus meine unwiderrufliche Zustimmung, mein Kunstwerk abzubilden.
4. Daneben wird klargestellt, dass das Eigentum an der Kuh und dem zuschaffenden Kunstwerk den Veranstaltern zusteht.
5. Die Regelungen 1. bis 3. Gelten auch für die unter 6. genannten Grafiken.
6. Ich biete den Veranstaltern hiermit unwiderruflich die schenkweise Eigentumsübertragung an 2 von mir im Zusammenhang mit der Aktion erstellten bzw. noch zu erstellenden Grafiken (ca. 50 x 70 cm; Auflage 80 bis 100 Stück) an.
7. Die Übergabe der gestalteten Kuh sowie der erstellten Grafiken sage ich zum 01.06.2000 verbindlich zu.
8. Für eine sachgerechte Verpackung des fertigen Kuh-Kunstobjektes sowie der Grafiken für den Transport nach Hannover werde ich Sorge tragen.
9. Als Ausgleich für meinen finanziellen Aufwand betreffend die Beschaffung von Gestaltungsmaterialien (Farben o.ä.) erhalte ich von den Veranstaltern einen pauschalen Betrag in Höhe von DM 600,00 (netto bei Vorsteuerabzugsberechtigung).
10. Ich bin damit einverstanden, dass der Gewinn aus dem Verkauf oder der Versteigerung der Kunstwerke und Grafiken zu einer Hälfte einem gemeinnützigen Zweck und zur anderen Hälfte mir als gestaltendem Künstler zukommt. Bei dem zu verteilenden Gewinn handelt es sich um die Summe, die nach Abzug der im Zusammenhang mit der Aktion entstandenen Kosten (DM 4.000 netto) und Steuern verbleibt.
11. Mir ist bekannt, dass ich für die ordnungsgemäße Besteuerung der Einkünfte selbst verantwortlich bin. Hierzu teile ich mit, dass ich / ich nicht (**unzutreffendes bitte streichen**) vorsteuerabzugsberechtigt bin.

Name:..

Straße:..

PLZ. Ort: ....

....
Unterschrift

Andreas Rimkus war damit nicht einverstanden. Die Konsequenz war deutlich. Die schon ausgesprochene Zusage, mit seinem Objekt auf das Expo-Gelände zu kommen, wurde nicht eingehalten. Stillschweigende Ignoranz sollte diesen Ungehorsam des Künstlers strafen.

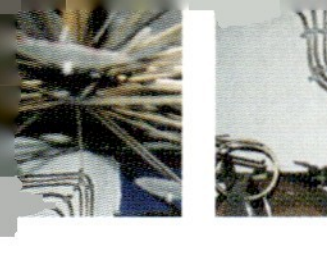

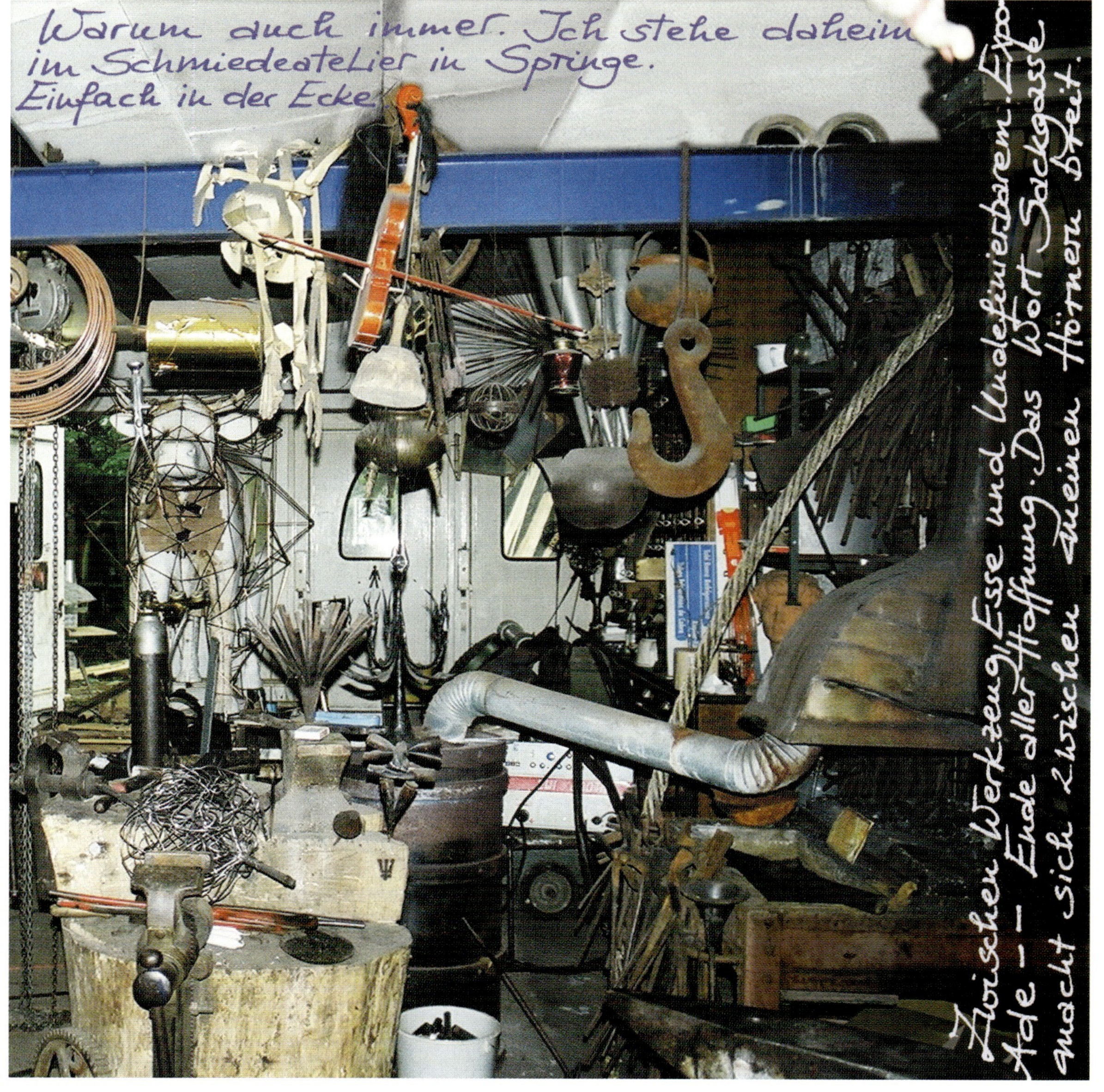

Warum auch immer. Ich stehe daheim
im Schmiedeatelier in Springe.
Einfach in der Ecke.
Zwischen Werkzeug, Esse und Undefinierbarem. Expo
Ade -- Ende aller Hoffnung. Das Wort Sackgasse
macht sich zwischen meinen Hörnern breit.

16. Juni 2000

Wo bin ich?

Am 23. Juni erreichte Andreas Rimkus in seinem Springer Atelier ein Anruf des Kommunal-Verbandes Großraum Hannover mit der Bitte, sich an der Aktion „Die Region auf Weltreise“ zu beteiligen. Rimkus machte dazu drei Vorschläge: Vorschlag Nummer 1: das Schmieden von Notnägeln mit Promis auf der Expo, Vorschlag Nummer 2: die erste fahrbare trojanische Kuh, Vorschlag Nummer 3: der Andreas Rimkus Film „Der goldene Affe im Käfig“. Zu sehen auf dem großen T-Digit. Knapp 10 Tage später stand fest: man hatte sich für die trojanische Kuh entschieden.

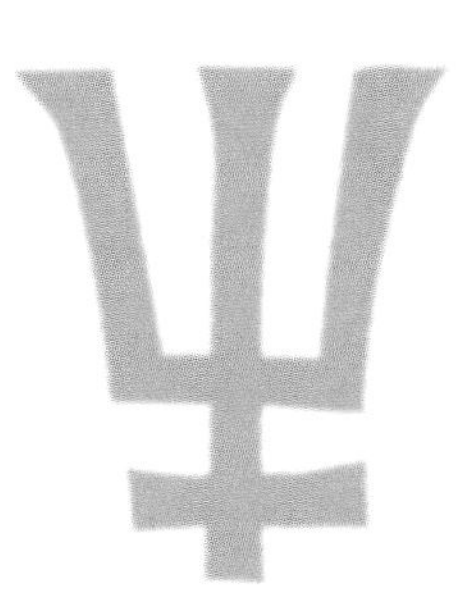

Ich hatte nie Zweifel.
Natürlich hat sich der Kommunalverband Grossraum Hannover für mich entschieden. ICH werde höchstpersönlich von der EXPO-Gesellschaft nach Hannover eingeladen. Ade ihr Hämmer, ade du Liebes Feuer.
Die EXPO ruft. Ich werde pünktlich sein.

Oh je. Auf's Expo-Gelände dürfen nur 100 prozentig gesunde Kühe. Das heißt: ein Gesundheitscheck steht an. Mir ist mulmig.
Ich habe einen kleinen Herzfehler. Andreas... hilf!

Erstmals wird mir klar, mein Herz kommt vom Sperrmüll und ist noch dazu aus dem Letzten Jahrhundert.
Aber bitte, neues Jahrtausend her oder hin – ich bin doch für niemanden eine Gefahr, oder?

Andreas deckt den hölzernen Mantel des Schweigens über meinen kleinen Makel. Ich zittere wie Espenlaub als wir die unbarmherzigen Kontrollen durchfahren -- direkt aufs EXPO-Gelände.
Puh - alles gut gegangen - Weltausstellung 2000 da bin ich!

8. Juli 2000

Treppen zur Exponale auf dem Expogelände in Hannover.

Vor dem Isländischen Pavillon.
Bild oben: Auf der Plaza, im Hintergrund Planet M.
Bild unten: Vor dem Äthiopischen Pavillon.

Ich verbringe den ganzen Tag auf dem Gelände.
Vorbei an unzähligen Pavillons – wieso eigentlich –
ich denke ich darf in den Deutschen Pavillon?
Die Lassen mich ja gar nicht rein. Trotzdem
ein wundervoller Tag.
Alle Besucher beachten mich. Könnte platzen vor Stolz.
Bis zum Abend. Andreas spinnt.
Mutet mir zu, die Nacht in der Gepäckaufbewahrung
in Halle 18 zu verbringen.
Ich bin stocksauer.
Ich WiLL in den Deutschen Pavillon!
Erst mal abwarten, morgen sieht sicher alles ganz
anders aus. Wird schon klappen.

8. Juli 2000

Blick aus dem Schweizer Pavillon.

Vor dem Erdgeist von André Heller.
Bild oben: Im Hintergrund der Dänische Pavillon.
Bild unten: Die Graspyramiden.

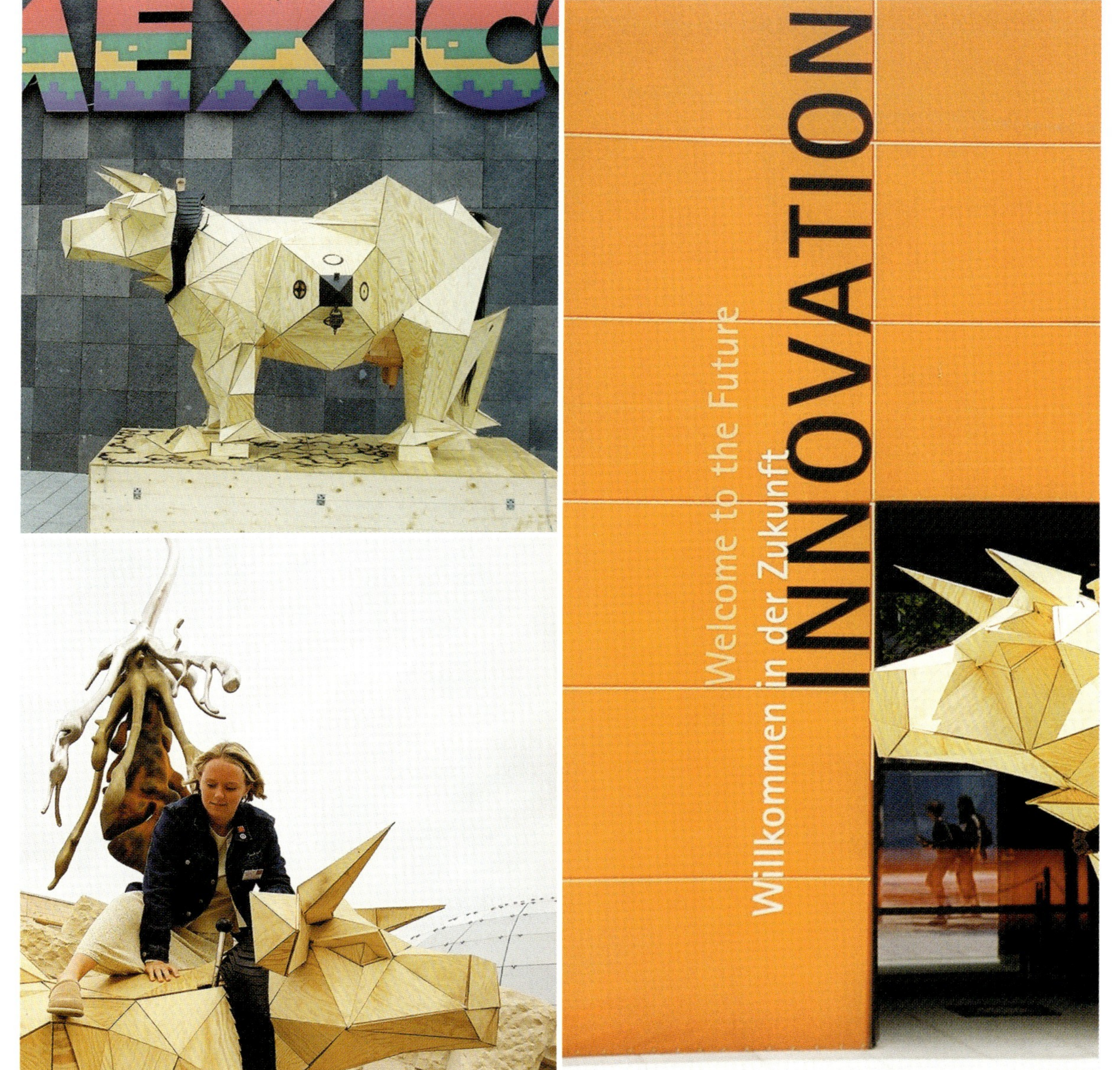

Bild oben: Vor dem Mexikanischen Pavillon.
Bild unten: Sitzprobe einer dänischen Hostesse.

Einfahrt in den Deutschen Pavillon.

Es ist 14 Uhr 15.
Ich stehe endlich im Deutschen Pavillon.
Was übrigens mühsam war: ich passte nur knapp durch die Tür. Und was bekommt eine deutsche Kuh in einem deutschen Pavillon? Natürlich einen deutschen Namen "GERMANIA". Mir gefällts.
Die Pressechefin des Deutschen Pavillons ist allerdings zunächst erschüttert, als sie mich zum erstenmal sieht. Ich spüre, sie ist nicht unbedingt tierlieb.
Dabei hat Andreas doch so liebevoll Geschenke vorbereitet. Ich trage sie seit meiner Geburt in meinem Bauch, gut verschlossen, spazieren.
Nur – meine Erleichterung darf, laut Pressechefin nicht länger als 10 Minuten dauern.
Ich bitte sie – – es handelt sich immerhin um einen Kaiserschnitt !!!

Der Nachmittag nimmt doch ein glückliches Ende. Morgen soll die ganze Prozedur wiederholt werden. Es schmeichelt meiner Eitelkeit.
Das Fernsehen will alles noch einmal von Anfang an filmen.
ICH BIN EIN STAR.

Geschafft !!!

9. Juli 2000

Drei wesentliche Dinge hatte Andreas Rimkus zum Inhalt seiner trojanischen Kuh versprochen. Es sollte sich darin das älteste Exponat auf der gesamten Expo befinden, es sollte das fast komplette Bernsteinzimmer darin sein. Ferner für alle Gäste, egal ob Aussteller oder Besucher, egal ob jung oder alt, ein Geschenk.
Bei der Bauchöffnung zeigte sich den überraschten Besuchern des deutschen Pavillons zunächst folgendes Bild: schwarz, rot, gold. Alle Präsente waren in Seidentuch gehüllt und wurden nacheinander aus der Bauchhöhle der trojanischen Kuh gehoben.

Exponat Numero 1 war das älteste Exponat der Expo. Ein besonderer Meteorit. 13 kg schwer und in der Form eines Ambosses. Mehrere Milliarden Jahre alt und der einzige echte Außerirdische auf dem Weltausstellungsgelände!

Als zweites kam das Bernsteinzimmer zum Vorschein. Sechs stählerne Buchstaben ZRMWIE.
Die Überraschung war perfekt. Schnell aber kam die Aufklärung...

...In der richtigen Reihenfolge ergab sich des Wort ZIMMER, jeder einzelne Buchstabe dicht mit Bernstein besetzt.

Auch beim nächsten Exponat war Wissen und Phantasie gefragt: Wenig stählern, auch nicht bunt...sondern weißes Gold aus der berühmten deutschen Porzellanmanufaktur Fürstenberg, das Andreas Rimkus dort in Auftrag gegeben hatte. Die Quelle der Urform...der Zwischenraum zwischen den Füßen beinhaltet ein unendliches Spektrum an Formen. Entsprechend dem Motto der Weltausstellung Mensch Natur Technik zeigt Andreas Rimkus auf, dass die Urform eines Glases, eines Gefäßes oder einer Vase der Natur abgeschaut ist (am Beispiel des menschlichen Fußes) und keinesfalls, wie häufig vermutet, das Ergebnis schöngeistiger Designer ist. Technik von Morgen, aus den Urformen von gestern...

last but not least ein Geschenk für den Deutschen Pavillon, das noch nachhaltige Wirkung zeigen sollte. Ein 28 cm langer, geschmiedeter Bronze-Notnagel. Allerdings wie das Material schon verrät, ein Nagel, der Glück bringen sollte und auch brachte. Die Besucherzahlen, die bis dahin im Keller waren, stiegen bis zum Ende der Expo stetig an. Grundgedanke war ein "Weltkunstwerk"- Jeder Expo-Besucher sollte ein Geschenk bekommen, und das nicht nur die gekrönten Häupter. An den Wartezonen sollten Balken aufgestellt werden, an denen ein jeder "sein" Geschenk, nämlich einen Nagel, einschlagen sollte und damit sogleich das Glück für die Stadt Hannover festnagelt. Nach der Expo sollten diese bizarren Gebilde zu einem Denkmal an die Expo 2000 künstlerisch zusammengefügt werden. Ein Weltkunstwerk von den Gästen aus aller Welt hätte so entstehen können, 1998-'99 wurde diese Idee in Springe schon erfolgreich als „Stadtkunstwerk" durchgeführt (siehe Bild). Symbolisch für diese Idee stand dieser goldene Nagel aus der Springer Ideenschmiede von Andreas Rimkus.

Der Notnagel für den Deutschen Pavillon.

Der Nagelbaum in Springe

Vorerst letzter Eintrag:
Ich glaube Andreas wird ein Buch über mich veröffentlichen. Bin gespannt.

Germania

Impressum

1. Auflage 6-2001

Verlag: Buchdruckwerkstätten Hannover GmbH, Beckstraße 10, 30457 Hannover
Tel: 0511/94670   Fax: 0511/9467038
Gestaltung: Best Company Design GmbH, Boulevard der EU 7, 30539 Hannover
Druck: Buchdruckwerkstätten Hannover GmbH, Beckstraße 10, 30457 Hannover

ISBN 3-89384-044-3

Fotos: Jürgen Brinkmann, Rainer Schwinge (Deutscher Pavillon), Kirstin Wlokas, Gerhard Elsholz, Gerhard Jenk, Brigitte Yatco, Christine Rimkus, Andreas Rimkus

Text: Barbara Steinbauer

Handschriftliche Tagebucheinträge: Christine Rimkus

Rimkus über Rimkus

Eisen

Eisen verleiht meiner Fantasie Flügel.
Eisen ist für mich ein unendliches Material.
Es kann jede Gestalt annehmen:
aussehen wie Holz,
sich biegen wie Äste im Wind,
federleicht sein und tonnenschwer.
Eisen ist der ideale Partner für die Umsetzung meiner Ideen.
Kein anderes Material beinhaltet so viele verschiedene Eigenschaften wie Metall und es übertrumpft meine kreativen Bearbeitungen immer wieder mit neuen Überraschungen.
Gerade so wie die „Kreativen Köpfe".
Vor zehn Jahren schmiedete ich das erste eiserne Gesicht.
Seither sind in meinem Atelier viele, immer wieder unterschiedliche, Köpfe entstanden.
Diese schauen sich an oder blicken schamhaft zur Seite,
sie gucken bedrohlich oder charmant,
lebhaft oder ausdruckslos,
die eisernen Gesichter sind so flexibel und geheimnisvoll wie das menschliche Antlitz selbst.
Schon ein einziges Exponat macht deutlich: Eisen ist mehr als ein Material zum Hufeisen oder Friedhofsgitter schmieden.
Eisen ist ein Metall, welches man immer wieder verwenden kann, welches wandelbar ist, immer wieder bereit sich zu Neuem formen zu lassen.
Die Skulpturen zeigen die Entstehung einer Vorstellung auf, entwickeln sich weiter, manchmal allerdings nur zu einem „vorläufigen"Endergebnis.
Denn wer je in eines der metallenen Gesichter geschaut hat, ahnt vielleicht, ist es auch nur eine Maske, unerbittlich wie meine zwölf Geschworenen, oder die zwei Figuren im Dialog, das jederzeit mit Hilfe des Feuers eine Veränderung möglich ist.
Die Bilder und Werke aus dem Atelier Rimkus sind in ihrer Gesamtheit im Fenster zur Welt, dem Internet,
unter www.ideenkunst.de jederzeit anzutreffen.

Andreas Rimkus im März 2001

Dank an: Kirstin Wlokas, Volker von Brevern, Karola Mittelstaedt, Jörg Ulrich, EPHK Gerhard Elsholz, PK Burkhard Schwäcke, PHK Wolfgang Taube, POM Jörg Terzenbach, Polizeikommissariat Springe/Hannover (Eskortenpolizei), Stadt Springe, Museum Springe, Rotary Club Springe, Jürgen Brinkmann, Günter Ludwig, Gisela Lange, Presse, Beate Schmidt, Elisabeth Müller, Cyrus Salimi Asl, Bernd Dziubek, Stephan Reiß, EPHK Peter Bartscht, Best Company, Alfred Schröcker, Barbara Steinbauer, Christine Rimkus, Jonas Damm, Günter Riedel, Lars Heidmann, Marc Henze, Mellanie Kuhnt, Carsten Schüler, Thomas Himstedt, Michael Mielenz, Julia Fentzahn, Akira Endo, Birgit Voslamber, Hendrik Nölle, Sebastian Ruh, Michael Weise, Jan Rensmann, Dieter Helbig, Deutscher Pavillon, Rainer Schwinge, Robert Möllerarnsberg, Christina Sahr, Hans Ulrich Schöbel, Wilfried Brillowski, viele Unbekannte, A. Meister, die Vergessenen, Klaus Abelmann, RTL, Giga TV, NDR, Radio Aktiv, POR Henning Dreyer, Gerhard Jenk, Siegfried Helms, Jürgen Kasparczyk, Günter Wabnitz, Heini Flentje, Erich Bose, Thomas Schäfer, Ludwig Zerull, Tom Rutert Klein, Marlis Fertmann, Christina Haarland, Marlis Starnitzki, Dorit Kosian, Eberhard Nickel, Thorsten Schumacher, Thomas Oppermann, Ulrich Beran, Holger Puchalla, Siegfried Frohner, Matthias Hoffmann, Victoria Krüger, Anja Matull, Mario Weidehaus, Claus-Peter-Vollmer, Holger Meier.

Calenberg-Grubenhagensche Landschaft